KB111152

걸음걸음 가볍게

걸음걸음 가볍게

일진행 시집

운주사

서시
걸음걸음 가볍게

뉘엿뉘엿 서녘으로
굴러 떨어지는
거대한 태양처럼

한 생명이
저물어가는
대책 없는 길에

이왕 나선 걸음
칠이란 숫자에
욕심이랄까

아름다운 일몰에 이어
걸음걸음 가볍게로
육이 칠이 되는 셈이다

매번
그 말이 그 말인

잔소리 같은 내용이
무의미하게
땅바닥에 구를지라도

행여 어느 누구
작은 하나라도
주워 담을 자 있으려나
하는 마음도 함께 있다

나의 후반생에 담긴
정진과 수행의 실마리들을
잊은 것이 더 많지만
생생하게
살아 있는 것을
그대로 실었다

함께 크게 발심하여
부처님 은혜에
감사하는 삶
행복한 삶이 되길 바라며

보는 이의 근기 따라
그 마음이

움직이는 대로
보아주기만 해도
더 없이
고마울 뿐이다

일몰을 향해
걸음걸음 가볍게 가는 길에
다시 솟을 일출을
명상으로 보며
나의 오는 생을 그려본다

팔월 하순

더위는 주춤할 것 같은
기미가 보이지 않고
날로
삼복이 가까워오는 듯
기승을 부린다

동백섬 바닷가
뙤약볕에서
긴 종일을 견디는
낚시하는 사람들
대단한 기백들이다

화상을 입을 것 같은
뜨거운 햇살에
진리를 탐구하듯
물러서지 않는 그들

일념이면

더위도
추위도
그 어떤 위기도
아랑 곳 없나 보다

잠깐잠깐
내 눈이 쉬는 사이
바다를 바라보면
심심찮게
흥미로운 막간이 된다

운치 있는 바다의 몸짓이며
날으는 각각 물새들의
다양한 재롱의 몸짓으로
구속받지 않는 자연은
너무나 평화롭다

중생계도
자연계처럼
다툼이 없는 삶이라면
생존경쟁마저도
쉬어지지 않을까

그렇다면
얼마나 평화로울까
명상으로 그려본다

무상

오늘이
이 열차의 마지막 운행이라는
그 말을 전해 듣고
먼 지난날을 생각하며
해운대역에서
경주행 열차를 탔다

성성한 백발이
몰려든 인파
젊은이들 틈에 끼어
동행 없는 혼자
저승 가는 연습이라도 하듯
조금은 외로운 길을 뜬다

젊은 시절
열 살 미만의 연년생
네 아이를 데리고
기차 편으로

불국사 돌아돌아
석굴암까지
대단한 나들이 길이었다

석굴 앞마당에서
손수건 놓기도 하고
올망졸망 손을 잡고
즐거웠던 시절

그때를 떠올리며
오늘은 그 아니게도
반세기 전을 기웃거리는
홀홀 단신으로

무상을 차곡차곡
가슴에 쌓는다

꿈

한 생의
희로애락이
은빛 실은
추억으로
한 편의
드라마 되어
영상처럼
뇌리를 스친다

돌아보니
꿈도
꿈이요
꿈 아님도
꿈으로
이어진 한 생

그 낱낱
그 하나하나

사바에서
어슬렁
쉬어가는
나그네의
한 자락
긴
꿈이었을 뿐이네

참회

아직 도래되지 않은
알게 모르게 지은
숨은 업을
남김없이 소멸하고자

이 마음들을
조용히 내려놓고
둥글둥글
모나지 않고
인색하지 않게

진 참회하는
그 마음이 나서서
미리미리
아낌없이 공덕을 쌓으며

깊은 지혜로
원만한 바라밀행을

영그려 간다면

훗날 맞아야 할
마지막 그날에
마땅히
황당함을 여의리라

옴살바 모자모지
사다야 사바하
옴살바 모자모지
사다야 사바하
옴살바 모자모지
사다야 사바하

걸림없는 삶

안이비설신의
육근의
노예가 되지 않으려
닿는 모든 것에
치우치지 않는
밝고 맑은 삶으로

허수아비 같은
세상 것을
놓아가는 습이

나의 참신한
업을 키워내는
진실을 지으며

행주좌와
부처님 마음에서
한 순간을 떠나지 않고

이 영혼이 다하도록

신구의
소중한 업으로부터
자신을 잘 지키는
보주와 같은
진여의 실상을
마땅히 지으리라

저 허공 끝
저 바다 끝을 바라보는
걸림 없는 삶
지혜로운 삶일 수 있기를

일심 노력하며
여법히 행하리다

느슨한 행복

바람에
나뭇가지 흔들리듯
산다는 것
진정 별 것도 아닌데

얼굴도 없는 그것(욕심)에
매달려 끌려가는
여리고도
나약한 마음들

짊어진 탐욕의
무거운 짐을 내리면
한량없이 가벼운
청정이란 그가
느슨한 행복으로
인도해 주려고 우릴 기다린다

이처럼 환희로운 일들이

법계를 가득 채우고 있으나
탐진치 번뇌망상에 가려
보이지 않을 뿐이다

수행하고 정진하는 힘이
밝은 세상을 보게 되면
지혜가 열리기 시작하여
불평 없는 삶이자
충만한 삶인
느슨한 행복을
영원으로 누릴 수 있다

욕심을 짊어진 채
애타게 기다린 행복은
행여 만날지라도
순식간에 지나가는
찰나의 행복일 뿐
그에 따른
괴로움은 점점 자란다

밤새 안녕

으아앙 소리를 지르며
아가의 알몸으로
혼자 와서
그분들의 사랑으로
성장한 몸들이

늙고 야윈 몸이 되면
속옷 겉옷을 갖추어 입고
다시 혼자 가야 함을
무상이라 이름했던가

밤새 안녕을 뉘 아랴

잠깐인 듯 지난
일념의 긴 세월
영상처럼 펼쳐보면서
불생불멸을
명상으로 그려본다

어떤 모습으로 다시
어떤 곳에서 다시
어떻게 살 것인가

밤새 안녕을
오지랖에 싸안고

어제를 전생인 듯
오늘을 금생인 듯
내일을 내생인 듯이란

나 자신이 하는 말에
가슴으로 응하는
광대함으로
오늘을 살아가는 이 마음

항상
잃지 않고
잊지 않고
놓지 않고
보다 밝게
보다 맑게

영원을 전전하는
보람스러운 삶으로

마지막 그날을
충만으로 닫으리다

아미타불

순간

누나랑 함께가 아닌
와서 가는 길
올 때처럼 혼자임을
누구나 다 잘 알고 있다

하지만
그 준비하는 마음은
천차만별이다

늘 건강할 것처럼
오래오래 살 것처럼
죽지 않을 것처럼 이다

일상에서
훌훌 벗어나기도 하고
한 생각 일어나면
한 순간에 행할 수 있는
묶이지 않고

잡히지 않은 삶을
항상 감사하면서

'순간'
그가 아무리 짧아도
참으로 소중함을
내려놓지 않는다

한순간 한순간을
항상 아끼고
항상 사랑하며
소중하고 보람스럽게
여법히 쓰고 가리라

돌아오지 않는 길

어젯날에
종제이던
숙자 씨

오늘날에
영가님이 되시다니
참으로
무상하군요

어느 누군들
홀홀단신으로 와서
홀홀단신으로
가지 않으리요만

그를 일러
진리라 이름하니
어찌 하리요

지금
제가 해 드릴 수 있는
금강경을 읽고
지장경을 읽고
아미타경을 읽어드리며
일심발원하옵니다
그대 영가님이시여
불보살님의 품에서
극락왕생
상품상생 하시옵소서
지극히 간절한
마음으로 빌어드립니다

이 인연 공덕으로
편안히
극락왕생 하소서
상품상생 하소서

나무아미타불

무량수 무량광

우리 모두에게
아직껏 남아 있는
게으름이나
핑계로
인욕하지 못함을
버리는 대로
회향하고

화엄경
여래출현품에서처럼
작은 티끌을 깨뜨리고
큰 경책을 꺼내어
여래와 같은
큰 지혜로

스스로
영원히 죽지 않으며
몸속에

무한한 광명이
있음을 알면

자신이
무량수
무량광임을 알리라

님을 쫓아가는
일념의 종종걸음으로
우리 모두
깨달음에 이르러지이다

마하 반야 바라밀

매달은 마음

바쁘다
바쁘다면
더 바빠지고
힘들다
힘들다면
더 힘들어지는
이것 곧
마음이 짓는 일이다

오는 대로
맞아서
가는대로
보냄이
순리이거늘
왜
하필이면
바빠 죽겠다
힘들어 죽겠다고

스스로들
그 마음을
옭아맬까

훌훌 풀어놓고
마음도 열어놓고
자신의 소중한
순간순간을
지혜롭게
바쁘고
힘들지 않게
선별해 가면서
쓸 수 있어 지이다

무언의 소리

보이는 것
들리는 것
갖갖 형상들의 세상 것

그 모두
진여의 만남이
아닌 줄 알고

부처님을
떠나지 않으면
법계에
가득한
무언의 소리 속에
진리의 본연이
기다리고 있다네

순으로 가려내어
기꺼이 맞아

지혜롭게 잘 쓰면
보리가 영글어
한 순간에
실상을 만나리라

항상
무언의 소리를
잃지 말지어다

반야로 가는 길

나날이
보람스러운 나날

새롭게 새롭게들
일어나는 한 생각에

살며시 가슴 열리니
덩달아 슬그머니 나선 마음이

울도 담도
없는 문을
더 크게 열어 놓아

탐진치
보리되고
번뇌망상
지혜되어

물처럼 바람처럼
두려움 여의니

괴로움 그네들도
평화로이 법계에 노니네

남은 찌꺼기마저
어느 어디에도

걸릴 곳 없어
버리지 않아도
비우지 않아도

슬금슬금
스스로들 비워내니
이것이
반야로 가는 길인가봐

마하 반야 바라밀

남은 여생

이 한 몸
생각이
흐려지기 전에

가슴이
싸늘하기 전에

마음이
오물어들기 전에

손발이
굳어지기 전에

한 생각
오롯이

한 가슴
따뜻하게

한 마음
대기처럼

남은 여생
작은 하나일지언정
청정히
쌓아모아

이 두발로
찾아다니며
즐거이 나누면서
후생으로 이어질
깊은 인연
영그려 가는 기쁨
법계만방에
대회향하옵니다

아미타불

2013년 12월 30일

아름다운 일몰이
출간 되는 날
새벽예불에서 얻어진
새로운 한 생각
망설임없이
가슴으로 밀고 든다

청솔가지에 피울
백여덟 송이
연꽃 공양이다

기다려 갑오년
부처님 오신 날
명상으로 그려낸
도리천 정원 같은 곳에
일편단심
녹빛을 내뿜는
바늘 같은 잎새(솔잎)

그가 뻗은 가지에
예쁜 연꽃을 피우리라

생각이 이미
반을 넘어선 나
어찌 일어난
마음을 접으랴

지난 날 만났던 사람
지금 만난 사람
그들을
기억나는 대로

가족을 넘어
스님
도반
오는 생에 다시
만나고 싶은 사람

그들을
아름답게 뻗은
청솔가지에
연꽃공양 올리옵고

마음이 뿜어내는 향기
바람을 거스르는 향기로
동화 속 같은 도량을
구상해 보는 내 안에
한가슴 차오르는
기쁨이 있다

그런 다음
부처님 돌며 또 돌며
부르며 또 부르며
절을 하며 또 절을 하며
님을 찬탄하리라

나무석가모니불
나무석가모니불
나무 시아본사 석가모니불

어머니 우리 어머니

무심코 한 마디
어머니 하고
불러본 그 소리에
감전이 되는 듯한
전율이
온몸으로 번지며
어느 새
두 눈에
눈물이 가득 고였다

계셨을 때
그때 그때
소홀했음에
가슴 옭아매어
쥐어뜯기는 듯한
이 순간을 어쩌랴

한 짐 수레를 끌듯

나 자신이
너무 힘듦에 지쳐
다정한 말 한마디
다정한 손길 한 번
드리지 못했음이
두 볼을 타고
두둑두둑 떨어지는
굵은 두 줄기 눈물이
말해준다

엄마 우리 엄마
지금쯤 계시다면
좀 더
잘해 드릴 수 있을 텐데

아무리 부르며
아무리 펑펑 울어도
한 말씀
한 모습 계시지 않고

복받치는 못다한
설움만이
추스르는 어깨를 누를 뿐

스스로 마음이
조금 가라앉을 때까지
울어야만 했다

가장 어렵던 시절
꼬깃꼬깃
만 원짜리 몇 장씩을
벗어놓았던 호주머니에
손가방 귀퉁이에
끼워 놓으셨던
우리 어머니
지금은 어느 어디에
계시온지요

다음 다다음생
어느 생에라도
정다운 도반의
인연으로라도 다시
만나 뵙고 싶습니다

그때까지
은혜할 마음
잊지 않고

잃지 않고
간직하겠습니다

어머니 우리 어머니

맏딸 일진행 드림

갑오년 아침

새벽 예불이 끝나고
무심코 창밖을 내다보니
새해 일출을
마중하러 가는 인파로
인산인해를 이루고 있다

순간 아!
나도 끼어야지 하면서
바쁘게 옷을 챙겨 입고
일행이 없이 대열에 끼었기에
빠른 걸음이
사이 사이로
바닷가 호텔 앞에 이르렀다

자연석 바위 위에
올라서서
햇님이 오시길 기다린다

풍선이 날고
비둘기가 날고
갈매기가 나는 위로
헬기가 일 삼 홀수로 난다

맑은 허공
맑은 바다
맑은 아침
불끈 솟는 태양과 함께
한해를 시작하는
마음도 맑고 환희롭다

지난 날
토함산 석굴 앞에서
광안대교에서
지금은 동백섬에서

수차례의 신년 해맞이를 만나
일체중생들의
건강과 행운을 담아 보낸

그때 그때마다도
행복했고

지금도 무한히 행복하다

매년 엄청나게도 춥던
새해맞이가
올해는 춥도 덥도 않아
한가위 달맞이처럼
풍성하기만 했었다

재가 수행자

그대여
운명의 사슬을 정겹게 끌어안고
그 모두를 내 것이라
다독거리어

행 불행을
평등한 마음이 되어
함께 세월에
실어 보냄이
수행자의 손색없는 마음이리라

산다는 것
한 편의 드라마와
같은 것이거늘
영상처럼
지나갈 뿐이니
잡고 매달려서
괴로워하지 말라

웃어 보낸 세월
울어 보낸 세월이
둘이 아님을 알면
행 불행이 따로 아닌
하나임을 알리라

지은 대로
도래될 뿐이니
따뜻하게 맞아
억울함을 비켜서서

곧 바로
선과를 찾아 지으면
이 세상에서
마땅히
좋은 과보를 받으리니
과감하게
믿고 행할지어다

재가 수행자들이시여
괴로움마저
웃어 보낼 수 있어지이다

부처님처럼

오늘이 가더니
다시 오늘이 왔다
이 오늘이 가기를
또 다른 오늘이 기다린다

이렇게
가고 오는 오늘 속엔
탐진치
번뇌망상
희로애락이
도사리고 있다

이들을
만나지 않으려면
다시
태어나지 말아야거늘
태어나지 않음이
지극히 어려우니

어쩌랴
다시 태어나지 않는
그날을 위하여
선인 선과를
쌓고 또 쌓으며
보리와 지혜를
충만히 영그릴지어다

누구나가
갈 수 있는 길이
누구나가
갈 수 없는 길이기에

부처님께서도
피골이 상접토록
고행을 하셨으리라

우리도
부처님처럼
부처님 닮아
부처님 같은 삶으로
전전 전전하여 지이다

무생법인

소리 없는
소리

생각 없는
생각

말 없는
말

마음 없는
마음

형상 없는
형상

이름 없는
이름

구경에는

나 없는
나

무생법인이리라

무엇에 마음 주랴

솔바람도
지나가고

먹구름도
지나가고

눈보라와
비바람
억세고
거친
우박과
소나기도
지나간다

그 어느 어디
무엇에 마음 주랴

시간 가면

세월 가고

그 모두는
매달려
붙잡은들
머물지 않는다

오직 지나갈 뿐

지나 보낼 뿐이어늘

기꺼히 맞아
순순히 보낼 뿐이네

실상

지금 나의 자리
여든에 이른 자리

아는 것은
줄이고

모르는 것은
늘리고

만남도
쉬어

인연도
쉬어

세상티끌
낱낱이
쉬어

엎지를 수 없는
본래의
그것(면목)

세상 것인
나가 아닌

실상의 나인
그 자리에
머무르고 싶다

아미타불

진리와 무상

행주좌와
진리와 무상을
옆구리에
끼고 살면서

꼭 껴안아 보기도 하고
손을 잡고
나란히 걸어도 보고
한 짐 잔뜩
업고 다니기도 하고
땅바닥에
내려놓아도 보면서

늘 가까이에서
이 마음을
열어 보이면서 함께 산다

세월이 가도

후회하지 않을 삶이라고
그가 나에게
하는 말을 들어 본다

"사방을 두루 살펴보라
있는 것 없는 것이
곧 평등이니

네게 없는 것을
구하지 말며
네게 있는 것으로
나누며 적절히
잘 쓰며 살라고

그리고 항상
진리와 무상을
들놀이로 삼아
혼자는
나서지 말란다

하오면
언제 어디서나
순으로 만나는

청정한 과보가

신구의 삼업을
잘 지켜주어
밝은 광명이 항상
떠나지 않을 것이라고"

네 알겠습니다
그렇게 살겠습니다

삼칠일 정진

연말 연시
특별정진으로
삼칠일 간
이십일만 지장정근을
일상의 정진에 보태어

일체중생들의
행복과 더불어
이 나라의 행운을
대 발원하면서
무난히
회향에 다가가고 있다

간절한 마음 곧
바라는 바가 있기에
간절함이 있어
이룸이 있긴 하지만

둥글둥글 세상 사연
잘 받아 접으며
사랑으로
배려하는 삶이길
간곡히 바랄 뿐이다

나의 서원이
무산되어도
나는
정진하는 기계처럼
늘
정진하면서 살리라

백팔배

행하는 이에 따라
십이삼 분에서
이십 분이면
가볍게
백팔배가 된다

불자라면
자신을 거듭나게 하는
하루 일이십 분
시간 투자로
자신을 위하는
소중함을 지녔으면 하는
아쉬움을 가져본다

그 백팔배가
건강 지킴이요
마음 지킴이로

일년
삼년
십년
묵묵히 삼십년이면
거뜬히 백만배가 넘는
어마어마한 숫자이다

어연간
자신도 모르게
탐진치를 여의어
지혜가 자라며
마음이 함께 열리니
이 훌륭한
보주와 같은
대단한 밑거름으로
큰 지혜의 산실이 된다

때에
하늘이 무너져도
떠받칠 수 있는
터지는 화산에서
솟는 용암 같은
기운이 생긴다

이처럼
건전한 투자가
어느 어디 무엇에
있을 수 있겠는가

이 글에
인연이 닿은 분은
이에 대한 시간도 마음도
아끼지 않으셨으면 하는
저의 간절함을
담아 올립니다

부디 핑계와
게으름에 밀리지 마소서

도시에서 만난 시골 풍경

불(태양)이 꺼진 바다는
마치 깊은 잠에 든 듯
동백섬 아랫길엔
외등이 쓸쓸히
이 밤을 지키는
완연한 시골 풍경

현관을
빠져 나가지 않으면
네온사인은커녕
도시의 번잡함이
추호도 없어
요즘처럼 흔한
아파트 불빛조차도
육안에 들지 않는
도시에서
만날 수 있는
짙은 시골 풍경

이처럼
아름다운 도시
이처럼
아름다운 시골을

함께
즐길 수 있는 충만으로
내 작은 가슴
바다처럼 넓혀가며
그 마음은
허공처럼 열어간다

보잘 것 없는 생이 아닌
보잘 것 있는 한 생을
새삼 감사하게 된다

신묘장구대다라니 (하나)

내가 항상 즐겨 외우는
신묘장구 대다라니
천수경의 중심부로써
그 깊고도 오묘한 뜻을
그대로 옮겨낼 수 없어
원어 그대로 쓰고 있는
소중한 다라니이다

나의 처음 시작은
사십여년 전(76년)
새벽 예불을 시작하면서
천수경 중 세 번을 시작으로
일곱 번 스물한 번으로
늘어나면서
지금은 서른 번으로
정착 진행중이다

수년 전에

신심이
횃불처럼 지펴졌을 때
하루 백팔 염주 두 번 굴려
백일 정진도 해보고

통도사 부처님 사리부도에서
앉은 그대로 여덟 시간
백팔염주 열 번을 굴리며
신심의 도가니에
빠져보기도 했었지

지금은 그때그때
일어나는 마음 따라
즐기는 것이
육신의 한 부위처럼
늘 함께 산다

신묘장구대다라니 (둘)

예불 때마다
하루에 서른 번
일 년이면 만 번이 넘는다
숫자는
방편에 불과하지만

익혀진 습이
방편 없이 조복됨이
극히 어려우니
소중한 순간순간이 모여
습이 바뀌고
업이 바뀌어
운명을 바꾸어 가는
계기가 된다

그 위대함에는
자신을 바꾸어 놓는
엄청난 힘이 있다

입으로만 하는
정진이 아니라
몸과 마음으로
함께 하는 정진은

희열에 찬 육신에
탐진치 번뇌망상들이
스스로
밀려나고 녹아나니
그 마음이
허공처럼 열려
일체종지를
거두어드릴 수 있을 지어다

지금은 짜투리 시간
막간을 이용하여
내가 만든 오십사주로

지루하지 않게
바쁘지 않게
세 번씩을 굴리며
이 다라니 신묘한 힘 입이
밝고 맑은 세상되도록

법계 만방에
바로바로 회향한다

무상심심 미묘법이란
구절이
화살처럼 날아와
가슴에 박힌다

무상의 꽃이 되어

밤 하늘에
별들이
반짝반짝
시간이 가네

시계의
초침이
쨋각쨋각
세월도 가네

건널목에
신호등이
깜박깜박
밤 가고 낮 오네

춘하추동
사계가
어김없이

돌아 돌아 들고

나의 일생
세상 따라 반생
난행 고행의 반생이
어디로 가 버렸네

대기 속에
바람처럼
세월처럼
어디로 갔을까

작은 창
육신의 눈을
열고 보니
찾을 길 없어

보다 큰 창
심안을 열고 보니
그 모두는
무상의 꽃이 되어

법계를 두루

장엄하고 있었네
실상의 꽃
실상의 향기로

그림자마저 감춘
아름다움으로
한 가슴 차오르는
그것이 무엇일까

마음아 안타깝구나
나가 없이 실상이라면
그 꽃 그 향기 속에
더불어 함께 머물 텐데…

눈도 귀도 없는 듯이

내 눈은 있어도
있는 둥 만 둥
신문 한 장도 안 보고
텔레비전 한 면도 안 보는

내 귀는 있어도
있는 둥 만 둥
라디오 한 프로 안 듣고
세상 소식 캄캄해도

나는 누구보다도
더 행복하다
내 곁엔 항상
불 보살님이 계시고

어느 어디에도
모자람이 없이
충만을 실은

내 마음이 있다

외출하지 않으면
앉은 채로 바다를 보고
허공을 보며
오류도와 더불어 살면서
날마다
밝고 새로움이
드리워진
나의 공간에

겨울철에 접어들면서
각종 철새들이 모여들어
내 문전 바다에서
재롱을 부리며
즐겁게 놀고 있는

신비의 자연과 더불어
마지막 그 날까지
부지런히 정진하며
수행할 것이다

아미타불

납월 막 이레

다섯 시
새벽 예불 시간이다

납월 막 이레
새벽달이
맑은 허공에서
나의 공간을
기웃거린다

구정(설)을 앞두고
한 해를 보내는
납월 막 이레

새벽달 그에게도
깊은 서원이 있는가
긴 시간
나랑 함께 보냈다

날이 밝으면서
유리창으로
바라보이는
새색시 눈썹처럼
예쁜 모양의
하얀 달이 되었네

거대한 지구를
따라 돌다가
내일 새벽 다시 만나
함께 기도하자구요

대우주 대자연의
한 부위로써
이 가슴 열리도록
아름다워라

아름다운 행복

혼탁한 세상
메마른 세상이라
흔히들 말하지만
훈훈하고 정겨운
세상이기도 하다

내 아들 막내
아침 저녁으로
빙그레 웃어주는
그 모습만으로도
나는 행복하다

늦은 시간에
경탁 위에
봉투를 놓고 가기에
고마워하고
시간을 보려 폰을 여는데
문자가 와 있었다

보낸 지 한 시간이 되었다
어젯날
아름다운 일몰
책 한 권을 주고
저녁 공양을 같이 하고
어둠이 깔린 시간에
지하철역까지
배웅해 주고 간 그가
헤어진 네 시간 만에
보내온 문자다

"어머님
좋은 인연에 감사드리며
주신 책 아름다운 일몰을
한 순간에 읽어
가슴에 새기며
부처님법
감사 감사 감사합니다
이 좋은 인연
오래오래 지속하면서
더욱 크게
회향하시길 발원합니다"

영시가 넘은 시간에
내가 보낸 답글

"사랑하는 딸아
어머니라
불리운 지 서른 몇 해
낳지 않아도
기르지 않아도
우린 세월의 엄마
세월의 딸이다
많이 많이 사랑하며
살자구나
사랑하는 딸에게"

순간
한 살을 더 먹으면서
더 늙어
더 짐이 되는 몸을
누가
기뻐 반겨주겠는가
하지만 나에겐
찾아주고 반겨주고
기다려주는 마음들이 있기에

때에
고마움과 감사함으로
겹쳐져 얼룩지는
밤이 되면서
세상이 아무리 거칠어도
다른 이의 인성이
아무리 하락해도
나는 내 아들
막내를 바라보며
행복하게 살다 가리라

잠은 오지 않고
배게 밑의
오십사주를 꺼내어
다라니를 외우며
서러운 듯 흘린
고마움에 뜨거웠을 눈물

이 얼마나
행복한 눈물이었으랴
심야 영시에서 두시까지

그 감회를

법계에 회향하는 마음

이 세상 모든 이들께
지혜와 사랑이
가득하길 바란다

나의 이 간절함을
어찌 아름다운 행복이라
부르지 않으리요
부르고도 남음이 있겠지요

내 아들아
내 딸아 사랑한다

집착에 걸린
매달은 사랑이 아니라
살아서 숨쉬는 사랑이란다

이 세상 사람들
남김없이 모두모두 사랑합니다

음력 섣달 그믐

텅 빈 마음으로
이 세상을 위하여
한 해를 마저
쓸어보내는 다라니
백팔염주 세 번
오후 6시에서 9시까지

이튿날 다시
새로운 한 해
설을 맞는 다라니
백팔염주 세 번을 굴리며
한 먼지 일으키지 않고
요란스럽지 않게
오후 6시에서 9시까지

마음 활짝 열고
시방법계를 장엄하는
두 번 세 시간

무겁고 거창하지 않게
법계로 회향하는 이 마음

일흔의 마지막 자리
다시 돌아오지 않는 자리에서
아스라이
세상을 바라보는
더 없이 환희롭고
여유로운 마음

저 높푸르고도 가벼운
허공 속을 심호흡으로
거닐어본다

떠나보낸 당신에게

여보!
여보라고 불러본 지도
이십 수 성상이 지났군요
십년이면
강산이 변한다는데
강산이 세 번째로 변해 가는
세월이 흘렀군요

농사일에 경험도 없이
노목과수원을 매입하여
적자 투성이 살림살이에
주량이 늘어
우리 두 사람 몸도 마음도
너무 힘들었지요

사십대 후반에
간신히 본래로 돌아오니
오십대 중반에

구강암이란
병마가 찾아와
함께 보낸 육년 세월

온갖 정성으로
남들이 보기엔
환자가 아니었었지요

무진년 환갑을 맞아
막내랑
제주도를 다녀온
사진으로 만든 병풍에
활짝 웃는 당신을 보며
한 줄 글을 써 내립니다

그 이듬해
당신을 보내고
그 숱한 아픈 사연들은
세월이 약이 되어
저 법계로 실려가고
지난날이 없었던 듯
편안히 살고 있습니다

지금 계시다면
한 권의 제 책이
나올 때마다
우리 일진행
우리 보살 하면서
나보다 더 기뻐했을 텐데
나를 대자유인으로
만들어 주려고
급한 듯 가셨지요

자식 사랑
아내 사랑
유별했던 당신
군색한 종갓집 맏며느리로
온갖 시련을 이겨냄이
얼마나 안쓰러웠기에

지금
이 편안함을 주셨는지요
고맙습니다
감사합니다

그 후 몇년 뒤

당신이 떠난 후
집안에
기막힌 일들로
전쟁터와 같은
그 속에서
세상 사연 다 접으며
살아남은 당신 숙이

강한 듯이
여린 그 마음이
활짝 웃는
당신을 보면서도
지금 훌쩍거리며
휴지 몇 장을 적시네요

이젠
걱정하지 마세요
당신이 없이도

가는 날까지
막내가 지켜줄 것이고

그 곁에서
세상에서 드문
어미가 되도록
보다 더 부지런히
정진하며
수행하며
세간에서 부러워하는
아름다운 삶을
살고 가겠습니다

이로써
제가 내놓을 수 있는
마지막인
당신 이야기가 되지 않을까
생각됩니다

모쪼록
이 지구상
어느 어디에서라도
행복하시기를 기원합니다

안녕히 안녕히

당신 전생의 아내
일진행 드림

업과의 대권자

선과 악이
본래로 둘이 아니지만
선을 행하는 자
악을 행하는 자로 인하여
두 길이 있다

삼라만상은
원만히 갖추어져 있으나
생각이 있는 것
생각이 없는 것의
차이점은 무한하다

업의 과보를
마음대로 지을 수 있는
우리는
참으로 대단한 존재
업과의 유일한 대권자이다

선과 악을
가려서 지을 수도 있지만
탐욕에 치우칠 수도 있다

때 맞추어
보는 이 듣는 이가 없어도
진리라는
엄청난 지킴이가
억만 분의 일도
놓치지 않으니

자기가 자기를 속이더라도
진리 앞엔 꼼짝마이니
다시
무슨 말이 필요하겠는가
다소곳이
선과를 골라 지을지어다

깨달음

내 작은 경탁 위에
하늘을 바라보는
앉은뱅이
전구가 있다

생각이 없고
마음이 없을 뿐
갖추어진 한 물체다

내가 그 전구이고
그가 나임을
비유해 보면서
깨달음이라는
엄청난 실상을
생각해 본다

깨달음이란 그것
저 전구가

자력으로서
빛을 발할 수 있음이다

우리 모두는
부처님처럼
다 갖추어진
중생이긴 하지만
깨달음에
근접할 순 있어도
부처님같은 깨달음은
있을 수 없는 일

오십육억 칠천만 년
그 먼 훗날에
미륵 부처님이
오신다는 말씀을
쫓아봐도
깨달음이란
어떤 말이나 생각
형상이나 표현으로
다가갈 수 없는

저 바다 끝

허공 끝처럼
까마득히 바라보며
다가가야 할
크나큰 가르침이다

저 전구에 불이 오는 순간
그는 타력이요
내게 광명이 오는 것은
자력인 것이니

전심전력으로
정진하여 깨달음에
근접하기까지
종종걸음으로 가는
그 마음도
무한이 환희롭다

강한 듯 여린 나

부처님과 함께 삶으로 인해
사소한 일에도
마냥 즐겁고 기쁘며
매사를 한 생각
고마움과 감사함으로
받아들이니

점점 늘어나는
고마움과 감사함으로
얼룩질 일들
하나 둘이 셋 넷으로
불어나게 되어
요즈음은
그만 울보가 되었다

가슴이 뭉클 뜨거워지면
어느 사이
눈물이 와 있다

내 눈물샘은
가슴 근처에 있나 봐

설에는 수하들이
세배를 하는데
그만 눈물이 나서
말을 잇지 못했다

이 마음이
세상 것을 다 가져
만석 거부요
억만 장자인데

무엇이 모자라
울보가 되었을까
나 자신도 모를 일이다

본래로 강한 듯
여린 나였을 것이다

2014. 2. 7

속속 입항하는
유람선을 보면서
이상하게 여겨져
먼 바다를 바라보니
전면에
흰 거품을 내뿜는
거센 파도가 일고 있다

먼 바다
파도 높이가 얼마나 되는지
오륙도와 산등성이를
두들기는 파도
멀리 눈으로만 보아도
요란스럽다

지금 온 바다는
흰 거품으로
주름잡고 있다

높은 파도의 억센 힘이
내려다보이는 앞바다엔
백천만 도의
물이 끓는 듯
무서운 몸짓이다
천진한 물새들은
높은 파도를 타면서
세상 모르고 즐겁게 놀고 있다

멀리 건너다 보이는
오륙도와 산기슭에는
덮치는 파도에
흰 거품 떼들이
등성이 중반을 기어오른다

바다의 객은
한 척도 보이질 않고
오륙도만 외로이
거센 파도에 얻어 맞아
만신창이 된다

대자연이시여
진정하소서

바쁜 세상 사람들

수없이 많은 날
날마다
너무 바쁜 사람들
몸은
알게 모르게 늙고 있어
갈 길은
밤낮으로 줄어드는데

세상 일일랑
조금씩 줄여
수행이라는 업을
늘려 갔으면 하는
간절함을 전하고 싶다

소용돌이 속의
세상 사연
그 충만의 기쁨은
형상의 충만일 뿐

실상의 충만이 아니로다

이 한 마음
잘 타일러서
진여의 실상을
헤아릴 수 있어지이다

소중한 방편의 힘(하나)

홍법사 아미타 큰 부처님
아랫마당
삼천 아미타 부처님
앞마당에서

오전 여덟 시
서원하던 아미타경
백팔독경 시작이
목탁에 맞추다가
진도가 맞지 않아
각자 읽게 되었다

흐리던 날씨가
잠시 빗방울을 날려
자리를 이동하면서
열심히 읽는다

일회 독경이

오 분일지라도
오백 분이 넘는다

본래 여덟 시간 계획을
천천히 읽는 분을 위해
한 시간여 지연시켰기에
나로서는 백스무 번을
거뜬히 읽을 수 있었다

이 모두 방편에 불과하지만
큰 마음 내어
실천에 옮길 수 있는 것만으로도
나에겐
충만한 이룸이다

소중한 방편의 힘(둘)

핑계와 게으름을 밀고
애써 정진하는
이 모두 한낱
방편에 불과하지만
중생에게
님이 주신 방편법이
없었더라면
지금의 나가
있을 수 있겠는가
항상 방편의 감사함을
내려놓지 않는다

올망졸망
연년생을 키울 때
자식에 대한 승부라면
목숨이라도
내놓을 것 같았던
그 무지함이

쓰레기처럼 쓸려가고
지금은 그 아니게도
만사 만행이
너무나 편안하다

무지가 쓸려간 곳에
지혜가 대숲처럼
자라고 있기 때문이다

소중한 방편의 힘(셋)

나의 팔십 평생
세상 따라 사십 년
부처님 만나 사십 년이
곧 도래된다

부처님을
쫓아갈 수 있었던
저 허공과도 같은
저 태평양
대서양과도 같은
크고 넓은 방편의 힘으로
내 모든 허물을
몰아낼 수 있었던
은혜의 감사함으로

오는 생은
더 청정한 삶
더 청렴한 수행자로

정진할 수 있음을
확신하면서

항상
삼생을 염두에 두어
그날 그날의 삶을
마음 거울에 비춰보며
마음 저울에 올라본다
어느 한 순간을
방심치 않음이
버릇처럼 되어 있다

이 모두는
금생에 받은
진리의 수확이요
보물임을 믿어 의심치 않는
이 마음이 있기에
늘 행복하다

남은 세월
행주좌와
정진하는 기계처럼
마저 살고 가리라

아름다운 해변

하늘 마알간
따뜻한 겨울날
수백 마리의 물새들이
구령에 따르듯
비행하는 모습들이
너무나 아름답다
너무나 평화롭다

먼 바다
큰 선박들의
멈춘 듯한 움직임이며
가까운 바다
작은 어선들의
풍요로움이며
억만겁토록
살아 숨쉬는
바다의 아름다움은
무궁무진하다

아름다운
도시의 한적한 해변
동백섬 자락엔
미모의 정취를 풍기는
누리마루가
한 몫을 하고 있다

나는 그 속에서
바다와 동백섬의
한 부위인 듯
함께 살고 있다

각종 바닷새
바다 오리
그들 모두 가족처럼
나는 날마다
먼발치에서
눈인사하며
그네들이 보여주는
재롱으로 심심치 않다

세상사 그 모두
흘려보내지만 않으면

두루 감사함으로
이어져 있건만
미혹한 눈엔
보이지 않을 뿐이네

밝은 세상 되게

어물어물 살아온
전 반생을 넘어

후 반생 한생각 일어남을
가슴에 새겨 담아
소홀하지 않는 삶을
살 수 있었음을
새삼 감사하며

그 하나하나들의
흔적이
한 편의 글이 되어
지난날의 내 모습을
재현하듯
다시 만나 보면서
점점 생이 짧아지는
나를 더 내려놓고
너를 좀 더 위할 수 있는

이것(마음)

문턱이 한 뼘 높이
넓은 세상이 바라보이는
내가 쓰는 방에
앉은 체로
계사년 마지막 날부터
두 시간여
다라니를 외워

번뇌는 지혜되고
미움은 사랑되며
탐욕은 자비되어

밝은 세상
평온한 세상이 되게
바로바로
이 법계에 회향하는
이 간절함으로
일흔의 마지막 자리
최종의 가슴 넓힘이
되지 않을까

때에
마음도 함께 따라 나섬을
생생하게 느끼면서

계속하여
갑오 을미 이년 간
큰 서원으로
십만 팔천 다라니를
약속하는 나 자신이
너무나 고마워

진실한
신심과 사랑으로
터질 만큼
가슴 부푼다

욕심이 떠나면

욕심을 놓아 보라
욕심을 내려 보라
욕심을 떠나 보내 보라
그 마음이 어떤가

가볍고
편안하면서
세상을 돌아볼
여유가 생긴다

모든 괴로움은
오직 욕심의
발로이기 때문이다

욕심이 떠나면
이 세상에서
괴로움을 여읜 삶이 된다

괴로움이 욕심 따라
다니기 때문이다

중생들이 밤낮으로
찾아 헤매는 행복이
욕심 따라
괴로움이 비킨 자리에
부르지 않아도
스스로 찾아 모여든다

이처럼 쉽게
만날 수 있는 행복을
모두들
왜 어렵게들 구하는가

순간을 늦추지 말고
속속 행하여
모든 괴로움에서
훌훌 벗어나
충만한
행복을 누려지이다

실상의 세계로

각각 님들의
훈훈한 배려에
고마움을
드릴 길이 없어
돋보기 너머로
온 정성 다해
오백 구슬
알알이 꿰어 만든
완성품이 된 오백주

비록 상품은
보잘것없으나
이 육신의 두 손이
기쁜 마음으로
불보살님의 혼을
잔뜩 실었다오

희견 보살님께

법륜화 보살님께
드리오니
오백주의
주인이 되시어
불보살님의 실상을
한마음
충만토록 실어보소서
곧 바로
실상의 주인이 되겠지요

이로써
형상세계의 우리
그 빛을 발하여
스스로 환히 밝아오면
그 모습이
얼마나 아름다울까요

우리 실상의
세계를 향하여
실상의 노래
함께 불러요

나무 아미타불

정월 관음재일

새벽 예불이 끝나고
창 밖을 바라보니

관음재일
새벽 반쪽 달이

잿빛
허허 넓은 허공을
홀로 거닐며

나의 좁은 공간을
훔쳐보듯
기웃거린다

먼 바다에선
큰 선박이
아련히
불빛을 보내오고

동백섬 마을 외등은
날이 밝기를 재촉한다

오륙도는
밤의 그늘에서
깊이 잠든 듯
헤어나지 못하는데

시간에 쫓기듯
외등은 가고

희미하게
동녘이 밝아오니

맑은 허공길을
외로이 걷던 새벽달이

어슴프레 오륙도가
그 모습을 드러내자

하늘은 점점 옥빛되고
하얀 조각달이 되네

아장 걸음으로
내일 새벽 다시 만날 땐

그 몸은 밤 사이
더 야위어 오겠지

태고로
신비로운 우주의 조화

돌고 돌며 따라 돌며
너도 나도
따라 돌아 함께 가네

부산에서 양양까지

부산에서
천안을 거쳐
진천에서 묵어
양양까지

전국을 휘감은
절정의 단풍에
환호를 보내며

돌아오는 길
동해바다
흰 거품을 잔뜩 물고
밀려오던 파도
영상으로 보는 듯
눈부셔 온다

찾아간 곳
머무른 곳

곳곳에서 늦을 세라
초초를 다투며
머물지 않는 시간은
우릴 저승길로
몰고 가고 있다

너무나도 소중한
순간순간인 것을
중생들은 모르고 산다

혹여 알더라도
잊고 산다

꿈속처럼 지나간
육박칠일
지은 바 없이
만날 수 없었을
그날들을 다시 본다

보탑사
그림 같은 도량에서
선량하신 스님네를 뵙고
영글어 가는

도반들을 만나고

시월 상달
초하루법회 동참도 하고
거룩하고 성스러운
법보전에서
법화경 완독으로
기뻐하던 도반의 모습이
눈에 어린다

동해 바닷가 휴휴암
지혜 관세음보살을
돌며 부르며
다라니를 외우면서
함께 했던
아름다운 순간들이며

마치
단풍을 찾아나선 듯
전국의 단풍을
만끽하며 기뻐했던 일

계곡물이

강물을 만나
바다에 이른 듯한
숱한 감회는

묵묵히
말을 멎게 한다

꽃다운 나이(경주 눈사태)

천재일까
인재일까
운명일까

꽃다운 나이

입시의 고난에서
간신히 빠져 나와
활짝 피어보지도
못한 채

꺾여버린 님들
애처로워라

나에게
세상 소식은
귀동냥밖에 없으니

조금은 늦었지만
님들의 아픔을
함께하는 마음 되어

삼일간
금강경을 읽으며
세상 사연 잊으시고
못 다한 인연 놓으시고
남은 집 애착
다 끊으시어

가볍게
가볍게
떠나 달라고…

보다 더 좋은 곳에
보다 더 멋이 있게
보다 더 거룩하게
다시 오시어

큰 기둥들이 되어 달라고
만리장성 같은 울타리가
되어달라고

가슴 뭉클하며
두 손 모아 기도하옵니다

안녕 안녕 안녕

세상을 바라보며

유리창 너머로
중생계를 바라보며
다라니를 외운 지
어느덧 한 달이 되었다

이대로 일년이면
오만사천 다라니

육로에서
수로에서
항로에서
집안에서
셀 수 없는 각각 일터에서

눈앞에 보이는
보이지 않는
일체중생 그 모두에게

고스란히
쓸어 보내는 이 다라니

갑오년을 지나
을미년 말까지
십만팔천 다라니에
도전하는 내 기쁜 마음
바다처럼
생생하게 살아있다

날마다
오십사주 세 번 굴린
이 다라니 공덕되어

한 생각 무상함을
속속 터득하여
아웅다웅 억만년을
살 것 같은
성화에서 벗어나
조용조용 진리 속에서
안락하게 살아지이다

시간이 더 가고

세월이 더 가기 전에…

마하 반야 바라밀

그건 아니지

마음을 살펴본다
편안한가
불편한가
어째서 편안한가
어째서 불편한가

스스로 가릴려면
누세의 업이 있기에
살을 깎는
난행 고행의 정진과 수행 없이
결정적인 마음이
열리기 쉽지 않다

내 팔십 평생
지금을 위해 살지 않았을까

허허로운 마음 안에
기쁘고 슬픔은 있어도

괴로움은 없다

옳고 그름은 있어도
좋고 나쁨은 없다

충만에 깃든 허허로움
배가 고프면
불러야 하지만
배가 부르면
고파야 하나

그건 아니지

부르면 부른 대로
그대로야

이 마음 하나
일구려고
사십 성상을
잰 걸음 친
이 여인아

천길 만길 낭떠러지에도

굴러 떨어지지 않을
이 마음

억천만 금과도 바꿀 수 없는
불생불멸의 이 마음 하나
하늘가처럼 열어놓아

선량함이 나서서
실상의 세계로

아름다운 꿈을
실어나르네
가볍게 가볍게

내가 피운 일곱 송이

몸도 마음도
아끼지 않았던
나의 반평생

엉거주춤
따라 나선 길을
벗어나서

맨발로 뛰어든(76년)
사십 성상

눈가에
이슬 없이
돌려 볼 수 없는
영상과도 같다

그가 피워낸
애절한 일곱 송이

하나 '행복한 고행'으로

둘 '허공 속에 무영탑'을 쌓으며

셋 '내 마음 속 영산회상'에서

넷 '사바는 연꽃 세상'이 되어

다섯 '행복한 황혼길'을 맞아

여섯 '아름다운 일몰'을 바라보며

일곱 '걸음걸음 가볍게' 가는 길에

무슨 걸림이 있으리요
있은 들
무엇이 두려우리요

내가 피운 일곱 송이
꿈길에도 따라 나서서
무상보리 일구려 드네

신심에서 얻어낸

진리의 이 기쁨을

만리장성에 비유해볼까
천상에서 내린
동아줄에 비유해볼까
저 허공
저 태평양 대서양에
비유해볼까
영원한 나
이 마음아

진공묘유
무생법인
공 공 공으로 향한 길에

내가 피운 일곱 송이
그 속에 항상
나는 살아 있다

아미타불

꺼지지 않는 불빛

화려한 세상 속에서
전 반생까지 흐린 물듦이
후 반생에서
말끔히 가실 수 있었음을

부처님께
감사하지 않을 수 없어
이 목숨 다하기까지

꺼지지 않는 불빛이 되려
님께 엎드려 정례하렵니다

지금은
삼촉짜리 전등 한 등도
소홀히 생각하지 않는
바보 같은 구두쇠가 아닐까

아니지요

백원을 아껴
천원을 쓰고
만원을 아껴
백만원을 쓰는
그런 멋도 숨어 있답니다

먼 옛날에
사만원이란 거금을 주고
사 입은 검정색 누비
실크 조끼 하나

무척 아껴 입는데도
오랜 세월에
그도 말 없이 낡아
인조 안을 겉으로
뒤집어 입는다

어느 날 무심코
나도 모르게
바로 입었다가
며늘 애기 보고
깜짝 놀라 어머니 하고
소리지르며 울상이다

왜 어때서 하며
내려보니
바로 입고 있었다
나도 깜짝 놀라며
얼마나 따뜻한데 하면서
다시 뒤집어 입었다

삼사십 년
정든 낡은 옷
정겹게 입어주니
그가 말이 없을 뿐이지
얼마나 고마워하겠는가

내겐
이런 것이 체면이나
나의 삶에 장애되지 않는다

오직 든든한 신심과
꺼지지 않는
실상의 불빛이 있다

바다 위의 공사

동백섬 자락에
수개월째
요트장 공사가 분분하다
준공이 임박한 건지
각 분야마다 바쁜 모습들이다

큰 장비들이
수없이 들락거리고

넓은 물위를 운동장처럼
그 작업 또한 대단하다

물속에 기둥을 세워
발판을 놓는 일 또한
만만찮게 보인다

주황색 조끼를 입은
실무자들

물옷을 입고
겨울 물속을 드나드는
실무자들 모두
열심히들 움직인다

물새들은 세상 모르고
그 위 아래로
날며 즐긴다

물위로 뛰어오르며
한가롭게 놀던
물고기들은
오간 데 없어지고
낚시하던 이들도
반 반 반으로 줄었다

우리 땅
아름다운 자연을
그대로 즐기며
행복하게 살 수는 없을까

세상 것으로 즐기는
이 시대의 흐름이

조금은 안타깝다

자연이
마음껏 숨쉬는
그날이었으면
물도 흙도 마음대로
숨 쉴 수 있을 텐데
헐고 덮고 막아서
그들도
몸살이 나지 않을까
걱정스럽다

마음 있는 자여

많고 많은 마음들은
형형색색으로
천차만별이지만

그 마음의
무진장을 알면
얼마나
멋이 있는 마음인가

그에게
우주를 담아도
모자람이 없으며
눈 깜짝 사이
천리만리를 다녀온다

마음 있는 자여
가슴 활짝 펴고
그 큰 마음 열어

이 세상을 포옹해 보라

얼마나 뿌듯한가
지식 속의 번뇌들이
지혜로 몰려들며
움츠렸던 마음에

서광이 발하듯
바라밀행이
충만해지면서

절로 절로
멋이 있는 삶이 되리라

죄송합니다만
불법에 뛰어들지 못해
망설이는 마음들이여

그 마음이
더 오물어들기 전에
마음의
대수술을 받아
진리인 불법에 들어서면

그 마음이
충만 원만 구족함으로
돌아서리라
얼마나
다행한 일인가

마음 있는 자여
우리 모두
외면보다
내면을 즐기는
지혜로운 삶이 되어
가없는 행복을 누려지이다

텃밭에 심은 씨앗

날로 영글어 가는 신심이
지혜로운 생각을
일으키는 순간
텃밭이 생기며
그에 따른 씨앗이 생긴다

누구에게 무엇을 어떻게

이 한 생각이
오백주라는 텃밭을 내게 준다

반갑게 받아
부지런히 작업하니

십만 정근이라는
씨앗이 생겨
하루 일만 정근씩
열흘 동안

일심으로 심었었지

지혜와
사랑을 가득 담은
불보살님의 실상을

다시
삼십주라는 텃밭에
신묘다라니 씨앗을 구해
신묘한 다라니의 실상을
서른 번씩 서른 번(30×30)
이 마음 다 쏟아 부어
부지런히 심었었지

이 세상
수많은 사람들의
행복을 생각하면서

다시 스물한 주라는 텃밭에
츰부다라니라는
씨앗을 구해
무량한 공덕의 실상을
스물 한 번씩

스물 한 번(21×21)을
예쁘게
정성들여 심었지

일체중생의
그 마음이 되어서

이제
신행하는 도반께
나누는 일만 남았네

이것이
스스로 행복을 만끽하는
나의 삶이자
무한한 기쁨이기도 하다

이 모두
방편에 불과하지만
우리 중생들의
소중한 길잡이요
지팡이가 된다

일백열한 송이 연꽃 공양

지광 스님　능현 스님
원상 스님　자원 스님
혜원 스님　명성 스님
해주 스님　효탄 스님
일현 스님　명현 스님
대덕 스님　반주 스님

정관 스님　금해 스님
호성 스님　혜총 스님
송담 스님　혜국 스님
혜능 스님　실상 스님
원조 스님　유수 스님
법관 스님　도무 스님
일음 스님　자원 스님
석공 스님　심산 스님
시명 스님　상현 스님
석산 스님　상범 스님

피승호 김정호 운전거사님

법륜화 보살 거사님 이춘자 보살 거사님

성덕도 보살 거사님 정진화 보살 거사님

황윤의 보살 거사님 선덕화 보살 거사님

이용규 님 차삼용 님

신병기 님 정징원 님

노창호 님 이진원 님

이태수 님 김시열 님

김광현 님 차순근 님

차민 님

공양주 님 법륜화 님

회견 님   김진윤 님

이준현 님 성덕도 님

이춘자 님 연화행 님

묘월광 님 황윤의 님

배임순 님 박태자 님

원만심 님 자재 님

지월행 님 감로행 님

선녀심 님 무심화 님

법륜화 님 환희행 님

인원심 님 금련화 님

연화심 님 복덕행 님

선재 님 정진화 님

선지혜 님 광명화 님

여래성 님 대혜심 님

묘각지 님 조숙영 님

김외자 님 선덕화 님

대덕심 님 법세관 님

만월행 님 만법선 님

이수자 님 묘원행 님

보리심 님 이영자 님

청정안 님 권태숙 님

서문자 님 신영희 님

공덕심 님 오명자 님

해인심 님 대지광 님

안종순 님 박규미 님

보명심 님 보명화 님

여련화 님 법조화 님

환희명 님 정구희 님

법계성 님 묘안행 님

보탑사 아름다운 도량

늘 푸른 청솔가지에

일백열한 분님들께

일백열한 송이
연꽃 공양 올리옵고

저의 이 두 손 모아
일심 발원하옵니다

각각 일백열한 분님이시여
소중한 몸 벗기 전에
그 몸 잘 지키시며
일심 정진하시어
한량없는 신심이
오월의 죽순처럼 솟아나

그 향기
높고
넓고
깊게
이 세간에 번져지이다

못 다한 인연
악연은 선연되고
선연은 더욱 증장하여
세세생생

부처님 회상에서
자비와 지혜로
충만히 영글어

만세만세 만만세에
유전하여 지이다

일진행 두 손 모음

성취감

한 생각이 일으키는
대 정진의 서원으로

깊은 신심을 발휘하여
그 뜻을 원만히 이룬 후

이 세상 모든 것을
얻은 듯한 성취감을

감히 맛보지 않은 자

어떻게 실감할 수 있으리요

힘들면 힘들수록
그 성취감은 더욱 컸다

그 막바지에 시도해보는
갑오년에서 을미년 말까지

다라니 정진의 서원
하루 두 시간 칠백서른 날

모아 십만 팔천 다라니

시작할 때 그 마음으로 매번
앉은 채 합장 반배 하면서

일체중생들께
골고루 바치고 싶은

신묘한 이다라니 기운으로

누구 누구 할 것 없이
모두 모두 온갖 괴로움 여의기를
일심 발원하면서

지난날
헤아릴 수 없이 서원했던
정진의 목표 달성에
그때마다
가슴 설레던 성취감은
그야말로 터지는 화산에서

솟는 용암같은 에너지였다
내 부처님을 만나지 못했더라면
이런 기쁨을 이런 기운을
송두리째 안고 가는 이 길을
어찌 만날 수 있었으리요

한 가슴 차오르는 소박한 성취감으로
쌓아올린 사십 년 세월이
지금인 듯
무한한 환희로움으로
이 가슴 돌아든다

지혜로 가는 길

오늘이 가도
또 오듯이

죽어도
다시 태어남을

역력히
알고 믿어

끝없이
행복한 삶을
영위하려면

어찌
섣불리 살으리요

다시는 괴롭지 않을
영원의 행복을

누리려면

결정코 자신이
대단하지 않음을
가볍게 인정하고

너를 위하는
배려와 사랑
그리고 베풂이

운명의 갈림길에서
길잡이가 됨을 알라

가까운 유익함을
탐하지 말라

반드시
먼 손실을 부른다

모쪼록 지혜로운 삶으로
끝없는 행복을 누릴 수 있게

한 생각 오롯이

반듯하고 청정한
온전한 숨이 되기까지
한 순간을
방심치 말지어다

이것이 곧
지혜로 가는 길이다

꿈 속 같은 행복한 삶

불법에 귀의하여
신심을 키워가면서

이 신심을
어떻게 표출하여 발휘할까

한 생각 멈추지 않으면
신심의 뜰에
보리가 보인다

그대여
저승갈 때
무엇을 가져가겠는가

그 보리 잘 가꾸면서
핑계와 게으름에
밀리지 않으면

적진하는 용사처럼
정진할 수 있게 된다

꿈도 꿈이요
꿈 아님도 꿈인데

아름다운 꿈속처럼
불보살님 품속에서

행복한 삶을 누리다 가면
이어지는 다음 생도

꿈속 같은 행복한 삶이
마땅히 이어지리다

일심으로 잘 영글인
운명의 씨앗으로

항하사겁 오랜 세월
영위하는 행복 속에

지혜 또한
마땅히 풍성하리다

효와 사랑 (하나)

피와 살의 인연이
도대체 무엇이길래

찐득이 같은
집착으로

자식 사랑에서
헤어나지 못할까

욕심이 줄줄이
알사탕처럼 이어진
중생살이

지난날의 업의 껍질이
두껍기 때문일 것이다

이 세상 많은 부모님들
이 소중한

사람 몸 가졌을 때
일로정진에 매진하여
누세의 업을 소멸하고
모든 집 애착에서 헤어나
지혜와 자비로
탈바꿈해야죠
꿈 속에서도 정진하고
수행할 만큼의 노력으로
습을 바꾸고
행을 바꾸어
운명을 바꿔가야죠

요즘 자식들에게
밀리는 부모들이
더러더러 있다
그것을 당연한 줄 알고
핵가족을 즐긴다

참으로 소중함이
무엇일까

이 세상에서
부모에게 뻗는 공덕이

공덕 중에도
가장 큰 공덕이라는데

그대들이여
각자 본인의
참 마음을 살펴보라

혹여 자신이
그 속에 들지 않는가

효와 사랑 (둘)

시대의 흐름 세대 차이로
자식의 마음은
자기 유익주의로 흘러도

부모의 마음은
영원 희생주의에서
벗어나지 못한다

천지개벽이 되어도
부모의 그 마음을
자식의 입장에선
헤아리지 못한다

효와 사랑이 함께라면
선인 선과로
악인 악과가
발 붙일 곳이 없으넌
얼마나 좋은 세상일까

바라옵건대
중생들이
불법에 입각하여
참 마음들이
부디 열리기를 기원한다

육신이 늙어
삶의 일선에서 물러나도

자손들의
따뜻한 말 한마디면
서럽지 않다

그대들이여
당신들의 발판이
부모님이었음을

부디 명심하소서

복과 덕은
쌓으면서 써야지

쌓지 않고 써서

바닥나면

그때 가서
다시 쌓기 어렵나니라

삶의 수확

논밭에 씨앗 뿌려
땀 흘려 가꾸는
형상 세계의 수확은

잘 영글어 거두기까지
가뭄도
장마도
늘 걱정스럽다

하지만
실상 세계의 수확은
잘 영글은 신심으로
수행하고
정진하며
보리 일구어 가면

지은 만큼의 수확을
업의 과보가

거두어 주나니
다시
걱정하지 않아도 된다

놀이로 즐기거나
빛 좋은
사치로 즐기거나
난행 고행의
정진으로 즐기거나

즐김에는 둘이 아니지만
그 업의 과보는 서로 다르다

가려서 즐기고
가려서 행하여

서릿발 같은
칼날과도 같은
진리 앞에

당당한 삶의 수확으로

만물의 영장임을

만세에 유전하는
아름다운 영혼이 되어

저
진공묘유에
이르러지이다

마하 반야 바라밀

아름다운 도반

변변치도 않은
책 한 권씩을
가지고 가겠다고
불러달라 부탁하여
그들의 만남에
끼어들었다

점심공양을 함께
맛있게 하면서
아름다운 도반들이랑
그 동안
숨은 이야기들로
꽃을 피우다 헤어졌다

덤으로
큰 선물까지
고맙고도
미안했지만

다행하게도
부처님 오신 날에
보탑사
아름다운 도량네
늘 푸른 청솔가지에
올릴 연꽃 공양
백여덟 송이 속에

그들 명단을 넣어두었기에
약간의 무거움을
덜 수 있었다

삼십년지기 도반들
서로 닮아 가면서
살 수 있을 만큼이나
긴 세월이다

그러나 헤어진 후
도반들 거의
소식 모르고 지낸다

하지만
가다가 한 차례씩

내 챙긴 미덕으로
이렇게 만날 수 있었다

불연으로 만난 인연
서로 기억하고
배려함이
무척 아쉽다

서로의
돈독한 신심이 만나
강이 되고
바다 되었으면

부처님께서 얼마나
흐뭇해하실까
생각해 본다

무심화
법륜화
연화심
복덕행 각각 보살님
대단히 고맙습니다

부지런히 정진하여
내생에 만남은
더 가까이에서
더 소중한 인연으로
만나지이다

당신들께
받은 선물은
보탑사 스님께
올리겠습니다

일진행 합장

그 후 도래된 부처님 오신 날에
그곳 스님께 올려드렸습니다

고맙습니다

동녘이 밝아온다

실바람
밟고 지나간

낯 익은
길바닥에

실먼지
새벽잠 설칠까봐

진회색 어둠이
사알사알
물러나는 새벽

고요히
동녘이 밝아온다

이처럼
자연은 온화하고

순종하는 미덕을 갖추고
중생들을 만난다

때 아니게
재해가 닥치는 건
자연에 대한
인재로 인한
과보인 것이다

인생살이
만사 만행이
부질없음을
속속 알아차려

자연처럼
다툼없는
평화로운 삶을
구상해 보면서

약간의
아쉬움 그마저
세월에
실어 보낸다

다라니를 외우며

유리창으로
바라보이는

앞모습
옆모습
뒷모습들

차별 없는 평등으로

사람 사람마다
차림이나
그 모습이
똑같이 보여져

육안에 드는
그대로에
불보살님 향하듯

앉은 채로
합장 반배를 하며

이 다라니의
신묘한 기운이
그들에게 닿기를
바라는 간절함

진정
평등으로 가는
기쁨이기도 하다

나 이렇게
남은 생을
살고 가는 길에

이런 저런 일
내가 만들어

힘듦도 가볍게
환희심으로
가슴 넓혀 가는

신묘한

이 다라니를 외우며

뿌듯함을 안고 산다

나모라 다나다라 야야 나막알약

바로 기제 새바라야 사바하

칠백일 정진에 더불어

날마다
두 시간여
다라니를 외운 지
벌써 두 달이 되었다

앞서 가지도
기다려 주지도 않는

세월은
걸리지도
막히지도 않아

물처럼
바람처럼

오직
실상의 한 길만을
여법히 가고 있다

칠백일 정진이란
이름 그도
꿈속처럼
잘 지나간다

어물어물 하다 보면
반년 그리고
일년이 훌쩍 지나

칠백날이 도래될 것이다

희유하게도
만들어 쫓아가는
나의 삶

그 속에
마지막 서원인
호흡을 멈출 그날이 있다

내가 바라는 그날을
비켜감도 돌아감도 없이
꼭 이루어내어

불법의 만남처럼
큰 기쁨으로
이 육신을 벗으려
일심 발원하옵나니

님이시여
미흡한 저의 힘에
당신의 광대한 힘을
채워주소서

나무 아미타불

시절인연

입춘을 지난 지 두 달

봄은 언제 왔는지

올해는 유난히도
개나리
진달래
벚꽃이
전국을 한순간에
휘어잡고 있다

피고 지고
와서 가는 시절 인연은

어디에서 와서
어디로 가고 있는가

참으로

무상함이
가슴을 밀고 든다

어떻게
얼마만큼이라도
더 잘 살다 가야 할 마음
절절하다

시리던 세월
뜨겁던 세월

그 모두
그리움으로 돌아들 뿐

아픔도
기쁨도
슬픔도
큰 하나로 뭉쳐져
미련 없이 가버렸으니

진정
하나 속에 모두요
모두 속에 하나이니

차별 곧 평등이라

저 허공계와
중생계를 바라보며

무상이 한 가슴 넘친다

거룩한 진리 속에
빈손으로 와서
빈손으로 가는
티 없이 가없는 아름다움으로
새삼 가슴 뜨거워온다

영원으로 가는
여법한 참 불자가 되어

이 세간에
등불이 되어지이다

마하 반야 바라밀

업이란 그것

살면서 오염된
근본 바탕을
치유하지 않으면

그 본성이
아무리 청정했어도

자신도 모르는 사이
그 습이 그대로
나타내 보인다

불법 곧 진리의
다부진 실천 없이
습이 바뀌고
업이 바뀌기 쉽지 않다

어느 만큼
수행이 되어가다가도

힘들거나 억울하면
스스로 고개를 들고
그 본연을 드러낸다

다시 태어나도
업이란 그것
그대로 따라 다닌다

난행 고행의
실행 없이
업을 바꾸기란
만만치 않다

업이란 그것
극락도 지옥도
그림자 없는 그림자로
따라 다닌다

귀하고 소중한
이 몸 지녔을 때

모든 업장 소멸하여

업을 바꾸고
운명을 바꾸어

세세생생
밝은 세상 만나

밝은 삶이 되어지이다

합장 반배

독경하다
잠깐 쉬는 사이

앉은 채로
먼 바다를 바라본다

산더미 같은 큰 배가
멈춘 듯 움직임을 보며

잘 왔노라
합장 반배를 한다

정근을 하며
창 밖을 바라본다

가물가물 수평선 너머
먼 바다에

자꾸만 멀어져가는
선박을 바라보며

안녕히 잘 가라
합장 반배를 한다

한 마음 다 바쳐
다라니를 외운 뒤

큰 바다에
한 잎 낙엽 같은

작은 고깃배를
한눈에 바라보며

조심해서 다니라
합장 반배를 한다

커피 한 잔을 들고
눈이 쉴 적마다 보내는

동백섬 자락에
관광버스를 이용한

몰려 오가는 대중들을
멀리 건너다 보면서

즐거운 추억이 되라
합장 반배를 한다

묵묵히
가는 세월을 바라보며

세월아 잘 가거라
손 흔들어 보내면서

인생을 칠푼이처럼
즐기면서 살아간다

이런 나 자신이
막힘없이 멋스럽다

보름달 같은 편안함

먹물 옷으로
차려 입고서

보살행을 하는
재가 불자님들

한 점 티 없는
맑은 허공에

보름달 같은
편안함을 누리소서

잘 영글은
신심으로

모든 괴로움
다 몰아내고

한마음
구긴 주름살 없이

보름달 같은
편안함을 누리소서

육안에 비치는
태양처럼

마음에 비치는
부처님 광명 받아

물러섬이 없는
정진으로

보름달 같은
편안함을 누리소서

나는 일진행

보다 큰 행운으로
고암 큰 스님께서
지어주신 이름
일진행으로

하루하루
세월이 갈수록
이름 따라 사는
일진행이 되어간다

그 큰 은혜로
날이면 날마다
쉬지 않고 정진하는
일진행은

그 세월 사십성상
마지막 가는 날에도
그 날의 몫을 하고

가리라는 마음이다

수년 전 만행길에
신흥사 지장전
큰스님 영정 앞에
엎드려 큰절 올릴 때

그 이름에 감사하며
보다 성실하게
수행하고 정진하는
원력의 일진행되려

큰 다짐을 했었다

그것이 그것이다 (하나)

말 속에 말 곧
그 말이 그 말이다

글 속에 글 곧
그 글이 그 글이다

핑계 속에 핑계 곧
그 핑계가 그 핑계이다

번뇌 속에 번뇌 곧
그 번뇌가 그 번뇌다

티끌 속에 티끌 곧
그 티끌이 그 티끌이다

게으름 속에 게으름 곧
그 게으름이 그 게으름이다

고행 속에 고행 곧
그 고행이 그 고행이다

극락 속에 극락 곧
그 극락이 그 극락이다

행복 속에 행복 곧
그 행복이 그 행복이다

괴로움 속에 괴로움 곧
그 괴로움이 그 괴로움이다

추억 속에 추억 곧
그 추억이 그 추억이다

그리움 속에 그리움 곧
그 그리움이 그 그리움이다

인내 속에 인내 곧
그 인내가 그 인내이다

기쁨 속에 기쁨 곧
그 기쁨이 그 기쁨이다

투정 속에 투정 곧
그 투정이 그 투정이다

용서 속에 용서 곧
그 용서가 그 용서이다

지옥 속에 지옥 곧
그 지옥이 그 지옥이다

먼지 속에 먼지 곧
그 먼지가 그 먼지이다

착각 속에 착각 곧
그 착각이 그 착각이다

청정 속에 청정 곧
그 청정이 그 청정이다

긍정 속에 긍정 곧
그 긍정이 그 긍정이다

그것이 그것이다 (둘)

이렇게
끝없이 끝없는
그것이 그것이다

태고로 태허에
무한이 무한인

하나 속 모두
모두 속 하나임을

무언의 소리로
무상의 상으로
들려주고 보여주나
알아차리지 못할 뿐이네

님을 만나지 못했더라면
이마저도
어둠 속에 어둠

그 어둠이 그 어둠으로
만나지 않았을까

불연에 감사함을
한 순간도
내려놓을 수 없어
항상 가슴 앞에
두 손 모으며 산다

이처럼
끝없이 끝없는
그것이 그것이다

허공 속에 허공
그 허공이 그 허공이다

얼마나 멋이 있는가

세상 사연
접고 또 접으며
따라 접으며

가없음을 함께

따라 살리라

너와 나 우리 모두
불법에 귀의하여
이 마음과
저 마음이
하나되길
간절히 바란다

마하 반야 바라밀

무언의 소리 무상의 모습 (하나)

보리 영글으는 소리
실상의 소리
소리 없는 소리
귀가 없이도
들을 수 있는 소리
눈으로도
들을 수 있는 소리
가슴으로
안겨 오는 소리
마음으로
번져 오는 소리
보리 영글으는 소리

보리 영글으는 모습
실상의 모습
모습 없는 모습
눈이 없이도
볼 수 있는 모습

귀로도
볼 수 있는 모습
가슴으로
피어나는 모습
마음으로
모여드는 모습
보리 영글으는 모습

무언의 소리 무상의 모습 (둘)

실상의 소리
실상의 모습
그 소리 들으며
그 모습 바라보며

아! 행복하여라

이 세간의
극락에서
이 세간의
천상에서
살아가는 큰 보람

넓고도 가 없어라

수억만 세상 것
그것들에 탐함 없으니

화려한 세상 사람들
그 어느 무엇에도
부러움 없다네

수차례 강산이
변하기 전엔 그것(부러움)을
쫓아다녔는데

지금은 그 아니게도
너무나
편안히 자연스럽다

최선을 다하는 마음

앞으로 무슨 일을
얼마나 더 할 수 있겠는가

내가 할 수 있는 일
하고 싶은 일
해야 할 일은
마땅히
최후의 그날까지
마음으로
몸으로 행함을
미루거나
망설이지 않을 것이다

최선을 다하는
그 마음이 나서서
최선을 다하는 그 몸으로
내 모든 것을
아끼지 않을 것이다

최후의 그날까지
최선 최고의 노력으로
전심전력을
다할 것이다

이것 곧
내 속에 숨은 장엄들이다

최선을 다하는 삶

이제 내게 남은 삶에서
더더욱
이 핑계로 저 핑계로
나 자신을
아끼지 않을 것이다

힘겨워도
지금껏 살아왔듯이
그에게 밀리어
게으름을
초래하지 않을 것이다

본래로
나에게 최고의 힘인
매사에
최선을 다하는 그 삶으로

이제 막바지

불법에 다가서서
스스로 행하는
그 하나하나들은
그때 그때마다
신나는 삶
활기찬 삶으로
나를 인도한다

항상
어둠이 밀려난
밝음 속에서
머물 수 있는 나의 삶
가파른 고갯길에서도
괴로움을 부르지 않는
그런 삶으로
언제 어디서나
최선을 다하는 삶

이것 곧
자랑스러운 나의 삶이다

사랑하는 도반께

우리 처음 만났을 때
그 마음이
세세생생 이어질
변함없는 그 마음으로
잘 영글어 가는 도반
성덕도 보살님
사랑합니다

우리
새로운 생에서
다른 이름
다른 모습으로 만날지라도

전생 인연을
서로 알아차리는
미덕을 쌓는
신심의 노력
정진의 노력이

영원으로 이어져

서로의 활기찬 삶에
충만이 깃들일
한 순간 같은 소중한
그 마음
너무 아름다워요

우리 이 마음들을
허공처럼 열어놓아

부처님의 광명으로
눈부시는 태양
그림자 없는 태양처럼

밝은 삶으로
충만을 영위하는
행복한 삶이 되어지이다

우리 보리심의 힘이
법계처럼 광대하여
허공 그 끝까지 이르러지이다

나의 도반
성덕도 보살님
사랑합니다

일진행 합장

두루미 한 마리

큰 날갯짓으로
바닷물이 들고 나는
해초가 짙은
파아란 반석 위에
귀한 손님처럼
조용히 내려앉는
두루미 한 마리

긴 목과
긴 다리를 앞뒤로 뻗고
비행할 땐
흰 상체는커녕
검은 날개만
유난히 눈에 띈다

왜 혼자서만 다니는지
늘 궁금하다

아빠 두루미
엄마 두루미가 아닌
친구 두루미라도
한 번쯤
함께 와 주기를 기다려본다

지금도
긴 목을 쭉 빼고
외로히
무슨 근심이라도 있듯이
홀로 서 있다

들물이
반석을 차오르는데
삼매에 빠진 듯
자리를 뜨지 않는다

차츰
발 위로 물이 차오르자
그는 그때서야
어디론가 날아갔다

삼박사일 (하나)

마치 꿈길을 걸은 듯한
삼박사일 간
오가는 도중에도
도반님들의 배려로
불편한 교통편에도
편안히 배불리 행복했었다

첫째 날
긴 시간 끝에 도착하여
오랜만에 만나
포옹하며 서로들 반가웠다

짐을 풀고
각 전각을 참배하고
연꽃 공양을 접수한 후
잠깐 쉬어
저녁 공양에 들었다

둘째 날
도량석에 이어
새벽예불에 이은 아침 공양 후
여덟 시간 걸린
법화경 완독으로 보냈다

셋째 날
오늘은 부처님 오신 날
아름다운 도량을
도량석에 스님 따라 돌고

새벽예불 그리고
사시 예불엔
육법공양에 이어
주지스님 법문
회장님의 발원문 등
법요식이 원만히 끝나고
옥외 꽃 속에서
점심 공양을 맛있게 했다

오후 자유시간엔
적조전 사라쌍수 사이에
열반에 드신

부처님을 돌며 부르며
일백여덟 번 돌 때
참배객도 따라 돌았다
끝으로 일보 일배로
세 번 돌아 나와
일체중생 모두 모두
고뇌에서 벗어나
행복하기를 발원하니
가슴폭이
더 넓어진 듯했다

그림같은 도량
보탑사에 상주하시는

어른 스님
주지 스님
원상 스님
자원 스님
혜원 스님
고맙습니다

끊임없는 노고와
다정다감하신 배려에

삼박사일 간
날마다 좋은 날
행복한 날이
더 좋은 날
더 행복한 날이었음을
머리 숙여 감사드립니다
도반 보살님들께도
두 손 모아
고마움을 올립니다

삼박사일 (둘)

상상 속에
도리천 정원같은 도량

열을 넘어
서른 쉰 일흔을 지나서
다시 백이란 숫자를
넘을 만큼
그 많은 꽃향기 속을
시간에 쫓기어 빠져 나와

실로 무상함을
새삼 가슴에 새겨 묻으며

내게 남은 시간
더 소중히
더 멋이 있게
쓰고 갈 것을 제이 제삼
다짐하면서

행주좌와

그 자리가 그 자린데

무엇을 찾아

헤매는 듯한

자신을 뒤적거려 보며

곳곳에 누가 되고

짐이 되지 않고 싶은 마음

곳곳에

누도 되고 짐도 되지 않았던가

이대로 맑아히 가고 싶어라

아미타불

진리

옳다 싶은 일은
가려서 하고

아니다 싶은 일은
가려서 아니하면

그것이
부처님의 가르치심
곧 진리이다

스스로 내 마음이
배려와 사랑에
인색하지 않는가
항상 살피면서
일상사에
약간의 손해를 보는 것도
괜찮은 일이다
복을 쌓는 유일한 길이니

그마저도
즐겨 행함이
유익함을 부르는 것이 된다

배은망덕이란 옛말을
쫓아보면
은혜를 갚진 못해도
잊어서야 되겠는가
잊지 않으면
갚을 길이 열리나니
만사 만행은
마음이 짓기 때문이다

그 역시 진리이다

초여름의 어느 날

오월의 한 나절
연옥빛 허공에
하얀 구름이
마치 그림처럼
멋이 있게 늘어 있다

앉은 채로
바라보이는
동백섬 아랫길엔
나들이 행렬로
줄이 이어졌고

저 멀리
오륙도는
수평선 위에
조는 듯
앉아 있네

늘 푸른

동백섬 자락에

한 잠

쉬지 않고

살아 움직이는

드넓은 바다

가없음이

자랑스러운 듯

넉넉하고

풍요로움은

언제 봐도

충만으로 가득하네

행도 가고 불행도 간다

어제는 꼭두새벽부터
성난 파도란 말이
적격이던
높고 거칠던
앞 바다 물결이

오늘은
새색시 걸음 같은
고운 물살을 지으며
큰 호수와 같이
잔잔함을 보여준다

세상사도 이와 같아
불행을 만났을 땐
견디기 어려워
울고 또 울었어도
그가 지나가고

행복이란 그를 만나
마냥 기쁘고 즐거워
웃고 또 웃는다
하지만 그도
반드시 지나가고 만다

대자연의 조화처럼
법계의 진리 또한
오묘하고 신비롭다
아리고 기쁨이 함께 있어
차례로 지나갈뿐이다

세상사
지혜의 밝음으로
바라본다면
목전에 모든 것이
교훈 아님이 없나니

이 마음 곧 한생각
지혜로 열려가는 길은
지식을 뛰어넘어
수행과 정진이 필수이다

어디로 갈 것인가

꿈속처럼 지나온
각각 그마다의 일생
가야 할 곳이 어디일까

북망산천
아니면 공원묘지
아니면 화장막일까

이는 오직
육신의 갈 곳일 뿐

마음이 갈 곳은
이 세간에 만들어진
그곳이 아니다

실상의 세계
지은 바 업과에 따라
골라 잡을 수도

그 역일 수도 있다

여지껏 살아온 길
죽지 않았어도
죽은 듯
본인의 전생을 가불해서
명상으로 한 번 보라

어떻게
얼마나 잘 살았는가

자신이 가야 할 곳이
어느쯤인가

멈칫했던 신심이
발로할 것이다

돌려받을 수 없는
소중한 순간순간이

자신의 새로운 운명을
만드는 계기가 되어

온 정성 다 바쳐
수행정진한다면

가는 날에
후회 없이
여법히 잘 쓰고
떠날 수 있을 지다

주소도 번지도 없는 그곳

시방법계에
공기처럼 널린 불법
곧 진리는
이 순간의 신심이 지은
극락이요 천상이다

이 마음이 지닌
극락과 천상이
다음 생으로
이어짐을 확신하며

핑계나 게으름 없이
일념의 신심으로
수행정진한다면
주소도 번지도 없는 그곳
극락을
금생에 이미 들어선 것이다

끊임없는 보리행원으로
육근이 청정하면
가벼운 걸음걸음마다
막힘이나 걸림의 장애가
비켜설 것이다

성스러운 진리의 행복을
구현하는 수행자

그 소중한 불자라면
이 세상에서
마땅히 그 복의 과보를
만나지리다

불법이자 곧 진리이다

진리가 따로 있고
불법이 따로 있지 않다

이 법계에
소리 없이
형상 없이 펼쳐져
우리들의
선과를 기다리고 있다

스스로 자신을 내려 놓아
어깨 힘
목에 힘을 줄여가면

두 손이 모아지며
고개 숙여짐으로

만나는 사람마다
부처님이 된다

점점 넉넉해지는
자신을 만나면서

세상만사를
제 마음이 지음을 터득하니

욕심이 밀려나며
스산하던 괴로움이
녹아내림을 맛보게 된다

이것이
충만으로 가는 길
행복으로 가는 길
선량한 이들이 가는 길

그 길이
불법이자 곧 진리인 것이다

육안을 닫고

정좌를 하고
육안을 닫은 채
명상으로
지옥아귀축생 아수라
사악도를 보며
극락도 보고 천상도 본다

자 어디로 갈 것인가
대신 가주고
보내주진 못해도

법계에 가득한
진리는 너무나 공평하여
각자 마음대로
행할 수 있는 길이 열려 있다

편안하며 쉬운
힘들지 않은 길

난행고행의 수행으로
힘겨운 길

그 길은 각자의
선택이자
행 불행의
결정체이기도 하다

마음 다스리기
뼈를 깎는 고행 없이
얻을 수 없기 때문에
게으름과 핑계를
이겨야만 한다

끊임없는
수행정진으로
훗날
다복함을 누릴 수 있는

나날이
충만으로 늘어나는
큰 마음을
권장하고 싶다

믿기지 않는 비보

새 신발에
새 옷에
용돈도 넉넉히
얼마나 신나게
집을 나섰을까

부푼 가슴을 안고
목적지에
도착하기도 전에

믿어지지 않는 비보는
이 세상 많은 사람들이
함께 울어야 했지요

숨이 멎은 듯
말문이 막히던 날
그 순간도
멈추어 있지 않아

반 백 일이 지났건만

그날을 생각하면
감전이 되는 듯
전신이 오싹해진다

그 가족들에게
무슨 말이
위안이 되겠는가

세월이 약이 되기까지

그 아픔을 어쩌리요
온갖 사연 모두
세월만이 특효약이기에
세월호의 비극으로
가슴 저미는 슬픔도
세월의 치유를 바랄 뿐이죠

못다 핀 선량한
그 많은 봉오리들을
한 순간에 꺾어 놓은
잔악한 세월호

그 업과가 얼마나 무거울까

오랜 세월 가슴에 묻히어
세월의 약을 기다릴 뿐이죠

못다 핀 그대들이시여
진리의 품인
불 보살님의 품 속에서
모든 시름
다 놓으시고
다 잊으시고

거룩한 모습으로
이 세간에 다시 오시어

그곳에서
안녕을 누리소서
행복을 누리소서
충만을 누리소서

보리심 보살님께

사랑하는 보리심 보살님
나는 왠지
당신이 가없이
이쁘기만 하네요
한 마디 말이나
한 동작 움직임이
숱하게 많은 인연 중에
그 앞자리를 차지했었죠
세간의 인연으로는
종 시누이
불가의 인연으로는
도반이 되겠지요

아름다운 눈빛이며
살아가는 모습들 하나하나
전생의 불연이
보이듯 하는 보리심 당신
사랑한다는

한 마디 말보다
항상 가슴에 머무른 사랑
빛 바래지 않은 그 사랑으로
이 세간에
나누어 가질 수 있었으면 하는
아쉬움이기도 했지요

당신의 두 눈에서
당신의 가슴에서
잘 영글은 사랑이
기어이
못난 나를 흔들어놓네요
이 인연 공덕으로
오는 생엔
당신이 베푼 사랑의
백천만 배가 되어
보리심 당신을 기다려
맞아줄 거예요
사랑해요 보리심

당신을 사랑하는
일진행 합장

사상

유일하게도
한 뼘 높이 문턱 앞에 앉아
다라니를 외운 지
만 오개월째 날

멋쟁이 외국인 부부
훤칠한 키에 미남형 남편과
긴 치마 자락인 예쁜 아내가
가던 걸음을 멈추어 서서
나를 보면서
남자분이 먼저 손을 흔들더니
여자분도 함께 손을 흔들기에
나도 손을 들어 흔드니
남자분은 두 손을 같이 흔든다

나는 고마운 마음에서
합장 반배를 했더니
여자분도 따라

합장 반배를 했었다

가면서도 돌아보면서
계속 손을 흔들며
멀어져 가던 그들의
티 없던 뒷모습이
점점 더 아름답게 떠오른다

그네들도 돌아가서
내 이야기를 했을까

다른 하나
지난 6월 6일 현충일에
홍법사 대불전에서 만난
육이오 참전용사였던
외국인 네 사람
그들은 정복차림으로
여든 중반의 노인네들의
정정한 모습이
대단한 기백이었다

합장 반배로
인사를 드렸더니

그분들도
예의정연한
합장 반배가
능숙함을 보여주었다

또 다른 하나
삼사 년 전의 일이다

토함산 석 굴앞에서
기적같은 일로
헝가리 대통령을
뵐 수 있었다

합장 반배로
허리 낮추어 굽혀
인사를 드렸더니
그분께서 눈을 맞추어
고개 숙여 합장 반배를
해주시던 기억이
새롭게 스쳐간다

각각 그분들
사상을 여읜

일치된 모습을
엿볼 수 있었다

시간이 흘러도
그분들의 존경스러웠던
모습이 오래오래
기억에서 사라지지 않을 것이다

우리 모두
자기라는 상을
조금은 삼가
내세우지 않았으면
하는 아쉬움을 가져본다

나의 불교

하나, 하루 삼백 배
절을 하면서
시작한 나의 불교
그러니까 자연히
절을 많이 하게 되었다

삼백배
오백배
칠백배
천배
삼천배를
밥 먹듯이 해내면서
흘린 땀이
나의 무수한 업장을
씻어 내렸을 것이다

사십대 초반(76년)
신발끈 졸라매고

뛰어들었던
그 세월 사십성상

어느 하루 방일하지 않았던
그날들을 어찌
난행고행이라
이름 붙이지 않을 수 있으랴
보다 적절한
표현이 있다면
난행고행을 바꾸어
이름 붙일 수도 있을 것 같다

하루 이틀 한달 두달
일년 이년을 모아
만일 정진을 기약했던
삼십년이란 세월이
묵묵히 나를 따라주었다

둘, 꿈속처럼 지나간
그 세월 뒤에
사십성상이
눈앞에 다가있다
이젠 왔던 길을 가야 할

그날을 기약하고
서원하는 간절함으로
전전하면서
남은 생을 불편 없이
마감해 가는 길에도
금생에 내가 만든
업과인 정진의 끈은
팽팽하기만 하다

돌아보면
가슴이 요동하며
눈물이 핑 돈다

충만이 무엇인가를
다시 한 번 생각하게 된다

심신의 조복으로
하늘을 떠받칠 기운은
기어이
그 충만을 일궈낸
나의 후 반생
어떻게 이겨 내었을까
스스로

감사와 감격의 눈물을
머금지 않을 수 없다

두 볼을 구르는 그것이
괴로움이라면
얼마나 불쌍한 존재일까
그 아닌
환희지의 기쁨이기에
천지간에
흔치 않는 행복이지 않는가

셋, 한 인간의 존재로써
세상을 다스림은 쉽지 않다
자신을 진리의 탄탄대로로
끌고 갈 수 있었음만도
난행 고행에 몸 바친
그 대가의 행운이지 않을까

이 세간에 와서
부처님을 만났으나
상구보리
하화중생의
보다 큰 힘이 되지 못함을

대신하는 그 마음이

하루에도 여러 차례
대 서원으로
일체중생들의 모든 괴로움이
쉬어지기를 기원하며
더불어 이 나라의 안녕을
기원하는 이것 또한
내가 만든 일상의 법
곧 나의 법이다

호흡이 멎을 때까지
큰 서원으로 발원할 것이다

나에게 오는 세상 사연
편안하게
경전 갈피처럼 넘기며
허공 같은 마음으로
한 생을 닫고저
찰나를 소홀하지 않는다

넷, 지금은 아니지만
오대봉사 하는 군색한

종갓집 맏며느리로
층층 시하에
네 아이를 키우며 살던
한 아낙이 용감하게도
절을 하며 시작한
나의 불교

억척만 다행을 안고
기복에 빠지지 않았음을
두 손 모아
무릎 꿇고 감사한다

지극히 정견에 머물러
육바라밀행에도
인색하지 않았음은
전생에서 이어진
흐름이었으리라 믿는다

나에게 있는 모든 것
몸과 마음 곧 한 생각을
추호도 아끼지 않아
내
이 마음의 충만으로

영글은 오늘의 나를
저 허공 이 우주와
바꿀 수 없지만 행여
바꿀 수 있을지라도
바꾸지 아니할 것이다

내 안에 모든 것이
충만해 있기 때문이다

나무 석가모니불

여든의 문턱 나의 하루

하나, 십분 전 다섯 시
　　일어나서
　　현관의 신발을 정돈하고
　　밤을 지킨 작은 등을 끈다

　　향 한 개비 사루어
　　편안하고 익숙한(새벽 예불)
　　나의 하루가 시작된다

　　오분향례
　　칠정례
　　행선축원 다음으로
　　천수경에 든다
　　신묘장구대다라니
　　서른 번을 지나서
　　천수경을 마치고

　　석가모니 부처님께

지장 보살님께
아미타 부처님께
지난해부터 백팔배를 줄여
각 삼 오분간
정근하며 절을 하고

이어서 축원으로
일심 발원하옵니다
일체중생들이 다 함께
삼보에 귀의하여
부처님 법 안에서
육근청정 심중소구소망
무장무애 만사여의원망성취
지혜충만하여 지이다

일심 발원하옵니다
병고에 시달리는 모든 분들이
속득 쾌차하여
온 인류는 건강하게
백년을 향수하여 지이다

일심 발원하옵니다
유연 무연 유주 무주

법계에 모든 영혼들이
일시에 이고득락 왕생극락
상품상생하시어 지이다

일심 발원하옵니다
우리나라
남북통일이 되어
세계 속에 불국정토로
만세 만세
우순풍조 세계평화
만만세 하여 지이다

일심 발원하옵니다
제가 서원하는
그날에 확연히
이 육신을 벗을 수 있도록
님이시여
왕림하시어 저를
인도하시어 지이다

일심 발원하옵니다
이 몸 벗어놓고
다시 몸 받을 때 남자 몸 받아

부처님의 상수제자가 될 수 있는
여법한 출가수행자
지혜 충만한
수행자가 되어 지이다

일심 발원하옵니다
이 몸 벗는 날에도
오늘 지금처럼
예배 정진을 하고서
원만히
이 육신을 벗어지이다

이차 인연 공덕을
법계 만방에 회향하옵니다
마하 반야 바라밀

나무 석가모니불
나무 석가모니불
나무 시아본사 석가모니불

이어서 반야심경 봉독으로
한 시간여 끝을 맺는다

둘, 아미타 일만 정근 서원으로
    내 가는 날을 발원하고
    삼천 지장 정근으로
    일체중생 모두의 행복과
    이 나라의 안녕을
    나의 평상심으로 기원한다

    여덟시 이후 시간은
    그때 그때 시간을 적절히
    아미타경을 읽고는
    나의 소망인 가는 날을 기원하고
    금강경을 읽고는
    일체영가의 이고득락을
    보문품을 읽고는
    이 세간의 모든 이들의
    행복과 건강을
    제이 제삼 발원하는 것이
    이제 나에겐 일상이 되었다

    올해 새로 이름 지은
    칠백일 정진
    갑오년 첫날부터
    을미년 마지막 날까지

금생의 마지막이
되지 않을까 생각되는
대 서원이다
창 밖에 지나다니는
수많은 사람들의 앞 뒤 옆모습을
한 눈금 차별 없는 마음으로
바라보면서
두 시간여 다라니를 외우며
앉은 채로 매번
반배를 하면서

번뇌는 지혜되고
미움은 사랑되며
탐진치 자비되어

서로서로 아끼고
배려하는 삶이 되기를
지극히 발원한다

셋, 지난날에 날마다 읽던
    지장경은
    지금은 십재일에만
    완독을 하며

법화경 화엄경도
곧잘 즐겨 읽는다

장엄염불
혜연선사 발원문
화엄경 약찬게
법화경 약찬게
법성게
무상계
보왕삼매론
능엄주 등등

심심찮은 나의 소열이자
수행의 한 자락으로
힘주어 잡고 있다

짜투리 시간은
백지 위에 내 마음을
그림 그리듯 그려 보며
좀처럼 늘지 않는 붓글도
한 번씩 써 보면서
소중한 나의 하루
보물인 듯 아끼며 사랑한다

넷, 여든의 문턱에
　　바싹 다가선 나의 하루
　　나의 욕심으로 빽빽하다
　　분신과도 같은 나의 하루
　　충만에서 충만으로 영글인다

　　자잘한 집안일마저도
　　내 쉼의 공간으로 즐기니
　　만사만행을 오직
　　충만에 잔뜩 실어 보내는
　　날마다 좋은 날
　　날마다 더 좋은 날이다

　　단 하나
　　제가 가고자 하는 날에
　　홀연히 떠날 수 있도록
　　님이시여
　　간절한 저의 서원에
　　당신의
　　광대한 힘을 실어주소서

　　나무 아미타불

더더욱 가볍게

놓았던 필을 다시 잡았다
걸음걸음 가볍게
원고를 출판사로 보내고
한달만에 예상치도 않았던
앉은자리를 비켜 앉음이
나 스스로도 놀라운 일이다
정진의 힘이 한몫을 한 듯한
생각을 하게 된다

시절인연이 도래됨을 따라
새벽예불이
삼십분 앞당겨지면서
더 깊은 정진에 들게 된다

생을 멎고 싶어하는 날도
멈추어 있지 않아
가까스로 다가오고 있다
꼭 이룰 수 있기를

변함없는 처음 그 마음이
수년째 큰 서원으로
한순간 놓지 않건만
불보살님의 가피를
기다리는 마음 함께한다

이제 남은
진금과도 같은 시간을
어떻게 더 값지게
더 소중히 쓰고 갈 것인가
꿈속에서도
이 한생각을 내려놓을 수 없어
백방으로 늘려 행하려 드니
순으로 늘어나는 정진의 끈은
장강처럼 이어져
세계해에 이르니
헤집고 파헤쳐
무엇을 가려내리오
숱하던 번뇌망상 탐진치
그 모두 하나되어
맛도 모양도 그 행처마저도
어우러진 대해라는 이름으로
만고에 두려움 여의었네

생의 막바지에
저승길 찾아 나선 안성맞춤인 듯
밤이면 불빛 하나 없는
상가 뒷골목
도심 속의 깊은 산중
고요만이 쌓여온다

어젯날에 육안에 들던
그 많은 인파를
지금은 명상으로 만나며
을미 연말까지 그들께 보내는
십만팔천 대다라니 서원은
끊임없이 이어지고 있다

엉거주춤 내디딘 길이
이렇게 이어진 사십성상
일흔의 막바지
여든의 문턱에서
조용히 가야 할 길을
목전에 두고 두루 살펴
모자람을 마저 채워가는
큰 인과 연을
삼가 조심스레 지으며

한 순간을 소홀하지 않는다

부처님을 만난 대 행운은
오는 생을 보여주는 듯하다
마지막 그 날에도
오늘 지금처럼
알뜰한 정진의 이어짐으로
이 육신을 벗을 수 있기를
일심 발원하면서
진금 같은 오늘을 보낸다

한 눈금 흐트러지지 않게
멋진 삶을 살고 가고 싶은
그 마음이 나서서
이마저를
〈걸음걸음 가볍게〉에
따라 보내려고
다시 필을 잡은 것이다
내 진정 더더욱 가볍게
가고 싶을 뿐이다

태양 곧 빛의 은혜
대기 곧 공기의 은혜

진리 곧 부처님의 은혜

이렇게도
크나큰 은혜 속에서
불보살님 가피 없이
저 혼자만으로 어찌
대 서원을 이루리요
님이시여!!
허공처럼
가없는 가피 내리소서

나무 아미타불

일진행 |

1936년에 태어났다. 결혼 후 시조모님과 시어머님을 따라 절에 다니기 시작하였다. 처음에는 단지 기복적인 바람만을 가지고 불교를 믿었으나, 40대에 집안의 큰 어려움을 겪고부터 정법에 눈을 뜨기 시작하였다. 이후 불교란 자기를 다스리고, 자기를 만들어 가며, 자기의 운명을 바꾸는 길이라는 믿음으로, 스스로 계획을 세워 긴 세월 동안 스님만큼이나 엄격하게 신행생활을 해오고 있다. 지난 삶의 기록이자 신행생활의 자취를 담은 『노보살 일진행의 행복한 황혼길』(시집), 『노보살 일진행의 행복한 고행』(수행일기)과 『허공 속의 무영탑』(시집), 『내 마음속 영산회상』(시집), 『사바는 연꽃세상』(시집), 『아름다운 일몰』(시집)을 펴낸 바 있으며, 이 책은 여섯 번째 신행시집이다.

걸음걸음 가볍게

초판 1쇄 인쇄 2014년 11월 10일 | 초판 1쇄 발행 2014년 11월 17일
지은이 일진행 | 펴낸이 김시열
펴낸곳 도서출판 운주사

(136-034) 서울 성북구 동소문로 67-1 성심빌딩 3층

전화 (02) 926-8361 | 팩스 0505-115-8361

ISBN 978-89-5746-407-6 03810   값 10,000원

http://cafe.daum.net/unjubooks 〈다음카페: 도서출판 운주사〉